MON SIÈCLE,

OU

LES TROIS SATIRES.

Je place mon ouvrage sous la sauve-garde des loix; j'invoquerai contre les contrefacteurs le décret de la convention nationale, du 12 juillet 1793 an 2, et regarderai comme contrefait tout exemplaire qui ne serait pas signé de ma main.

MON SIÈCLE,

OU

LES TROIS SATIRES,

Suivi de notes historiques, critiques et littéraires.

PAR LOUIS DAMIN,

Membre de plusieurs sociétés littéraires.

Impius ante aras, atque uri cæcus amore
Clam ferro superat....
ENÉIDE, Liv. I.

A PARIS,

Chez HAMELIN, Libraire, Palais du Tribunat, galerie
du Théâtre de la République, vis-à-vis le Café Sain-
tard; et les Marchands de nouveautés.

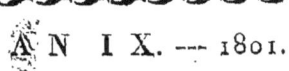

AN IX. — 1801.

AU LECTEUR.

Sɪ tu trouves mes vers mauvais, censure-les sans pitié : mais censure avec un égal courage les ridicules et les vices que j'ose attaquer ; car ils sont plus dangereux que mes vers, quelque méchans que tu puisses les trouver.

L. D.

LES PORTRAITS.

PREMIÈRE SATIRE.

C'est trop garder, Philinte, un coupable silence :
Je veux des mœurs du jour châtier la licence ;
Je veux, par la Satire, armé d'un vers sanglant,
Poursuivre sans pitié ce ramas insolent
De faquins, dont l'orgueil révèle la bassesse,
Dont le crime ou l'intrigue ont fondé la richesse ;
De voleurs, engraissés du sang de nos soldats,
Qui, dans des chars si hauts, montrent des cœurs si bas ;
De l'honnête homme à pied, dans leur course rapide,
Heurtant à chaque pas la démarche timide ;
Et s'offrant à nos yeux, justement courroucés,
Traînés par les chevaux que leur main a pansés.

Si, dans ces vers hardis, ma Muse accusatrice
Attaque le méchant et démasque le vice ;
Elle sait respecter le sage magistrat,
Le guerrier valeureux dont s'honore l'État.

Bonaparte ! Moreau ! noms chers à la victoire,
Dignes héros ! volez au temple de la Gloire !
Étonnez l'univers du bruit de vos exploits !
Aux peuples affranchis dictez d'heureuses lois.

La France vous chérit, l'Europe vous admire ;
Et même à vous louer vous forcez la Satire.
    Ah ! c'est contre vous seuls que j'aiguise ses traits ;
Vous tous qui de Verrès surpassez les forfaits !
Vous, héros riches d'or et pauvres de courage,
Lâches dans les combats, mais ardens au pillage !
Idoles ! que d'un coup le sort peut renverser,
Que l'aveugle Fortune ordonne d'encenser,
Que flatte l'intérêt, que la vertu méprise,
Il est tems qu'à la fin la raison vous détruise.
Oui, j'oserai briser le prisme séducteur
Que refléchit sur vous un cercle adulateur :
Oui, contre moi dussé-je armer toute la ville,
Dût l'univers entier me traiter de Zoïle,
J'oserai, dans mes vers, par le courroux dictés,
Des vices opulens peindre la nudité.
Muse, arme-moi contr'eux des traits du ridicule !
    Vois-tu ce fier guerrier, musclé comme un Hercule ?
C'est l'orgueilleux *Narbas :* général inconnu,
De bassesse en bassesse à ce rang parvenu,
Il commande aux soldats qu'indigne sa présence ;
En héros de théâtre à leur tête il s'avance...
Tel nous l'avons tous vu jadis aux boulevards
Danser chez Nicolet en costume de Mars.
Est-ce ainsi qu'un guerrier doit former son courage ;
Et des mâles vertus faire l'apprentissage ?
On croit voir à son geste, à son noble regard,
Le digne successeur des Guesclin, des Bayard :
Ne vous y trompez pas : brave pour la parade,
Au seul bruit du canon le héros est malade.

On dit que ce guerrier, si fier loin des combats,
Sur le champ de bataille a fait plus d'un faux pas,
Et fuyant le chemin qui mène à la victoire,
Sur les pas de S*** il vole vers la gloire.

Esprit vil, apprends-moi quel sentier écarté
T'a conduit jusqu'au poste où je te vois monté ?
Ah ! jamais la candeur, l'équité, la décence,
Le véritable honneur, et la noble vaillance
N'ont suivi ces détours du mérite inconnus,
Hélas, trop fréquentés des nouveaux parvenus !
Apprends-moi donc enfin, quels dons de la nature ?...
Mais je crois m'en douter... Ta superbe stature
A des beautés du jour éveillé les desirs ;
Et la brillante étoile a payé tes plaisirs.

Ainsi par une route, aujourd'hui trop commune,
La volupté conduit les sots à la fortune.
Pour parvenir au rang dont il est revêtu,
L'ambitieux *Orgon*, n'eut pas d'autre vertu.
Autrefois mon égal, et moins que moi, peut-être,
Orgon dans ma disgrace, ose me méconnaître :
Superbe en sa faveur, il repousse un ami.
Qui le consolera si le sort ennemi,
Dissipant des honneurs la brillante chimère,
Lui rend de son état l'obscurité première ;
Le ciel n'offre aux humains que des biens passagers !
Si tous les ans l'automne enrichit nos vergers ;
L'hiver vient à sa suite, et bientôt les désole.
Conservons un ami dont la voix nous console !
Et craignons que l'orgueil, étouffant l'amitié,
Du sein de nos égaux ne chasse la pitié !

Sachons que des mortels la fortune se joue,
Aujourd'hui les élève au sommet de sa roue,
Demain les en fait choir; volage en ses faveurs,
Mais trop souvent, hélas, constante en ses rigueurs !
     Licidas en a fait la dure expérience.
Dans Paris, étonné de sa magnificence,
Jadis il promenait son luxe et son orgueil.
Il courait en aveugle, et ne vit pas l'écueil
Où devait se briser tout ce riche équipage.
L'or un jour lui manqua, son crédit fit naufrage :
Maîtresse, courtisans, carosses et coursiers,
Tout fuit, tout disparut ; tout… hors ses créanciers.
Ne pouvant les payer, honteux, il prit la fuite :
Mais en vain ; cent recors étaient à sa poursuite.
Il ne peut faire un pas sans trouver un huissier :
Il se désespérait… on le fit officier.
Depuis ce jour, dit-on, grace à ses épaulettes,
Licidas ne craint plus d'être arrêté pour dettes.
     De la fortune enfin, bisarre en ses revers,
Je pourrais te citer vingt exemples divers :
Mais viens de ses faveurs admirer le caprice.
Promène tes regards dans ce vaste édifice.
Singe de Lucullus, sur un sopha couché,
Et vers ses courtisans négligemment penché,
Mondor semble écouter d'un air de complaisance.
Ils prônent ses talens, ses vertus, sa naissance !
Impertinens flatteurs ! Eh ne craignez-vous pas
Que Mondor, ennuyé d'éloges aussi bas,
De ce bras, qui jadis fatiguait la charrue,
Pour prix de vos discours ne vous jette à la rue ?

Et prouve, en repoussant un ridicule encens,
Qu'un nouveau parvenu peut avoir du bon sens ?
Ses vertus ! -- Et , Mondor en aurait eu , peut - être,
S'il eût vécu paisible aux lieux qui l'ont vu naître.
Ses talens , sa naissance ! -- Il naquit laboureur,
Et du champ paternel le paisible labeur
Fut de ses jeunes ans l'unique apprentissage.
Depuis deux ans, à peine, échappé du village,
D'abord petit laquais , et depuis fournisseur,
On le vit endosser l'habit de régisseur.
Notre homme, énorgueilli de sa nouvelle place,
Croit avoir du mérite, et n'a que de l'audace.
Par prudence souvent il se tient renfermé :
A de pesans fardeaux son bras accoutumé,
Trouve de son emploi la charge insupportable,
Quand, pour prendre la plume il faut quitter la table.
Veux - tu de cette humeur connaître la raison ?
A peine le Mondor sait- il signer son nom ;
Et des leçons qu'il prend, du maître d'ortographe,
Il n'a su retenir encor que le paraphe.
S'agit- il d'un concert, d'un opéra nouveau ?
Il court avec Thaïs s'afficher à Feydeau,
Applaudit dans G.. t une mode nouvelle,
Et plissant ses collets sur cet heureux modèle,
On le voit, radieux, dans un garick brillant,
Promener sa sottise et son faste insolent ,
Et briguer à Longchamp le prix de l'élégance.
Mais il s'entoure en vain de sa vaste opulence :
Comme l'âne couvert de la peau du lion,
Le fastueux Mondor sent le tour du bâton.

Au moindre mouvement le bout d'oreille passe.

   On dit que, dans l'espoir d'obtenir une grace,
Un poète lui fit l'hommage de ses vers.
Sans s'étonner il prend le volume à l'envers,
D'un regard protecteur affecte de le lire,
Accorde au postulant la faveur d'un sourire;
Et puis, ouvrant sa bourse, il en tire un écu
Qu'il présente à l'auteur honteux et confondu.
Le trait était piquant, et l'affront légitime,
Philinte, et je suis loin d'en plaindre la victime.
Que cet exemple, au moins, lui serve de leçon!
Qu'il offre désormais l'encens de l'Hélicon,
Aux talens, aux vertus, à l'honneur, au courage!
Des savans, des héros la gloire et l'appanage.
Si, de quelque génie Apollon t'a doté,
Si d'un souffle divin tu te sens agité,
Fils des Muses! bannis tout intérêt sordide!
Qu'une plus noble ardeur et t'enflamme et te guide!
De nos guerriers vainqueurs célèbre les exploits,
Au son de leurs clairons cours accorder ta voix;
Du héros d'Aboukir éternise la gloire,
Et lègue à nos neveux tes vers et sa mémoire!
Mais, crois-moi, des Mondor évite le salon:
L'air seul en est mortel aux enfans d'Apollon.
Ou, dans un vers vengeur, si ta juste colère
Veut leur faire expier la publique misère,
Que le nom des Mondor figure en tes écrits,
Mais qu'il y soit couvert d'un éternel mépris!
— « Où m'emporte, dis-tu, l'ardeur de la satire?
« *On peut être honnête homme et ne pas savoir lire.* »

— Oui ; mais peut-on d'un sot faire un homme d'État,
De l'ignorant un juge, ou du lâche un soldat !
Près de l'astre brillant, où l'orgueil vous égare,
Mortels ambitieux, craignez le sort d'Icare.
Oui, Philinte, je sais que d'une dignité,
Que d'un grade éminent l'amour-propre est flatté ;
Mais le cœur jouit mieux de cet honneur insigne,
Lorsque de l'accepter il se sent vraiment digne.
Qui s'élève trop haut est près de succomber,
Du sommet des grandeurs il est dur de tomber :
La route est escarpée et la chûte facile.

Heureux, cent fois heureux, l'homme sage et tranquille
Qui, maître de son cœur, vit dans l'obscurité
Sans briguer un éclat qu'il n'a pas mérité.
Moins de fléaux, sans doute, accableroient le monde,
Si, loin du vain espoir où leur ame se fonde,
Les mortels, étrangers aux haines, aux partis,
Coulaient en paix les jours qui leur sont départis !
Et si, moins tourmentés du desir de paraître,
Pour tracer des sillons quand le ciel les fît naître,
Contens de leur état, exempts de vains besoins,
A fatiguer la terre ils bornaient tous leurs soins.

FIN DE LA PREMIÈRE SATIRE.

NOTES

de la première Satire.

De voleurs, engraissés du sang de nos soldats.

C'est l'aspect douloureux de l'extrême misère de nos soldats, sur les monts de la Ligurie (an 7), qui m'a inspiré cette généreuse aversion pour les auteurs de leurs maux.

Le guerrier valeureux dont s'honore l'État.

Personne n'admire plus que moi les hommes étonnans dont la sagesse ou la valeur ont retiré ma patrie de l'abîme effroyable où elle allait tomber.

Vous tous qui de Verrès surpassez les forfaits !

Verrès (Caius Licinius) citoyen romain, après avoir exercé la charge de Préteur en Sicile, avec autant de violence que d'injustice, fut accusé de concussion par les Siciliens. Cicéron fit contre lui, les belles harangues nommées *Verrines*. Verrès s'exila lui-même, sans attendre sa condamnation, et conserva d'immenses richesses.

« Ah, Ciceron, si tu avais à plaider contre les Verrès de nos jours !...... »

Vous, héros riches d'or, mais pauvres de courage !

J'écrivais ces vers à l'époque de nos désastres en Italie : Schérer commandait en Cisalpine, Foissac - Latour commandait dans Mantoue, etc. etc. etc.

C'est l'orgueilleux Narbas : général inconnu.

Mon imagination peint : s'il se rencontre quelque ressemblance dans mes portraits… à qui la faute?

Danser chez Nicolet en costume de Mars.

Nicolet, directeur du théâtre de la Gaîté, situé sur les boulevards, et fameux par ses danseurs de corde et ses ballets pantomimes.

Le digne successeur des Guesclin, des Bayard.

Guesclin (Bertrand du) né en Bretagne l'an 1311, rétablit Charles V, roi de France, dans la possession des provinces que les Anglais avaient envahies après la bataille de Poitiers : il conquit le royaume de Castille; et assura la couronne à Henri, comte de Transtamare. Honoré du double titre de connétable de France et de Castille, il mourut au milieu de ses triomphes, devant Château - neuf - Randon, petite ville de l'Angoumois, en 1380. Charles V le fit enterrer à Saint-Denis, près du tombeau des rois.

Bayard, (Pierre du Terrail chevalier de) né en Dauphiné : grand homme de guerre, célèbre par sa vertu et son courage héroïque; son siècle l'a surnommé le *Chevalier sans peur et sans reproche*.

Sur les pas de S*** il vole vers la gloire.

C'était un brasseur; on en fit un général en chef : et ses soldats, qui savaient se battre et faire des calembourgs, dirent de lui, » qu'il n'avait de *Mars* que la *bierre*. « Il s'est acquis l'immortalité par ses défaites et un roulement de tambour.

Et la brillante étoile a payé tes plaisirs.

L'étoile est la distinction que portent les généraux sur leurs épaulettes.

La volupté conduit les sots à la fortune.

Ce serait une nomenclature trop longue que celle-ci , et j'y renonce autant par paresse que dans la crainte d'abuser de la patience du lecteur.

> Aujourd'hui les élève au sommet de sa roue
> Demain les en fait choir. . . . .

C'est une véritable récréation , pour l'observateur de sang-froid , que de voir la Fortune élever successivement les hommes au faîte des honneurs et des richesses et les renverser tour-à-tour. Le monde n'est à ses yeux qu'une vaste lanterne magique , où tous ces grands personnages , suspendus pour ainsi dire par un fil, ne font que paraître et disparaître.

> Qu'un nouveau parvenu peut avoir du bon sens.

L'homme qui , d'un rang obscur, s'élève par son mérite à un poste éminent, est , et sera toujours , un homme digne de l'admiration de son siècle et de l'avenir. Tels ont été, sous la monarchie, Duguesclin , Fabert , Catinat. etc. Tels sont de nos jours le vainqueur de *Marengo* et le *conquérant de la paix*. . . . Après ces grands noms on pourrait en nommer encore :

> « Sans doute, et dans Paris, si je sais bien compter,
> „ Il en est jusqu'à trois que l'on pourrait citer. „
> > BOILEAU. Sat. X.

Ses talens ! sa naissance ! — Il naquit laboureur.

Dans ce portrait idéal je suis loin de vouloir déprécier l'agriculture : c'est sans doute le plus noble et le plus utile des arts. Mais chacun son métier , morbleu !

> „ Soyez plutôt maçon, si c'est votre talent.
> > BOILEAU. Art poétique.

2

A peine le Mondor sait-il signer son nom.

Il n'y a point ici de caricature : c'est l'exacte vérité. Dans le temps où j'esquissais ce portrait, le plus grand nombre des hommes puissans étaient illettrés : beaucoup ne savaient point l'ortographe, et plusieurs apprenaient secrètement à lire et à écrire. Je pourrais nommer un des principaux juges du tribunal civil de la Seine, qui signait *** *guge* au lieu de *juge*, etc.

Il court avec Thaïs s'afficher à Feydeau.

Dans les dernières années de la monarchie, la troupe des bouffons italiens chantait au théâtre de la rue Feydeau (nommé *théâtre de Monsieur*). Alors tout Paris courait applaudir à la musique divine de *Cimarosa* et de *Paesiello* (fameux compositeur napolitain). *Voyez l'art.* G**.

Applaudit dans G*** *une mode nouvelle.*

Chanteur célèbre. Il faisait les délices de Paris dans les concerts brillans que donna le théâtre *Feydeau*, après le 9 thermidor, il a encore le même succès. Mais il faut en convenir à la honte de Paris, c'est que le genre de ses habits et de ses manières lui attire autant de prosélites que sa voix vraiment admirable. Il excelle sur-tout dans le chant italien et dans la romance. Le public le regarde comme le Coriphée de la mode. On lui fait chanter dans *la Création du Sommeil* (parodie de l'Oratorio d'*Haydn*), un couplet dont voici la fin :

« Je donne des airs aux habits,
» Et tous les airs je les habille. »

Et plissant ses collets sur cet heureux modèle.

C'est une histoire fort plaisante que celle des collets. Collets verts, collets noirs, collets de toutes les couleurs ont tour-à-tour joué un rôle important de nos jours. Roberspierre les proscrivit comme signe de rallîment : dès lors on devint plus ou moins suspect en raison de la couleur de son collet ; et chacun sait ce qu'il en coûtait alors pour être suspect. Après le 9 thermidor les collets reprirent faveur. Depuis cette époque, changeant chaque jour de forme et de couleur , tantôt plissés , tantôt froncés , collets à schall , collets debout, collets - capuchons , ils ont cru progressivement à tel point qu'aujourd'hui les parisiens peuvent se flatter de porter les plus grands collets du monde.

On le voit , radieux, dans un garrick brillant.

Garrick, *Bockey*, *Wiski* : voitures élégantes et de mode à Paris.

On briguer à Longchamp le prix de l'élégance.

Longchamp est un couvent situé près du bois de Boulogne et des bords de la Seine. Jadis les parisiens , lors de la *semaine sainte* , y couraient en foule pour entendre chanter l'office du soir, par de jeunes pensionnaires que la beauté de leur voix avait rendues célèbres. Telle est l'origine de ces fameuses promenades aux avenues de Longchamp , devenues ensuite le théâtre du luxe et de la mode.

Du héros d'Aboukir éternise la gloire.

Aboukir, petite ville d'Egypte, située à 5 lieues d'Alexandrie, à l'embouchure du Nil. Ce fut le 7 thermidor an 7 , que Bonaparte attaqua et tailla en pièces l'armée turque , forte de 18,000 hommes , retranchée sous les murs d'Aboukir , commandée par *Mustapha pacha* , qui fut fait prisonnier après une longue et opiniâtre résistance.

C'est par cette action mémorable qu'il vengea l'outrage fait aux armes françaises l'année précédente, par l'amiral Nelson, qui dispersa dans la rade d'Aboukir , la flotte qui l'avait porté en Egypte.

On peut être honnête homme et ne pas savoir lire.

Boileau a dit de Chapelain :

« On peut être honnête homme et faire mal des vers. »

Chapelain, était du moins honnête homme : mais peut-on en dire autant de tous nos *riches ignorans ?*

....Mais peut-on d'un sot faire un homme d'État ?

Non , pas même quand il serait honnête homme.

A cultiver son champ il bornait ses plaisirs.

Lors de l'assemblée constituante, on admirait la bonhommie du *père Gérard.* Quel bien a-t-il produit dans sa mission ? Il a donné lieu à quelques reflexions plaisantes ou sentimentales, qui ont récréé les cercles de la capitale. Transplanté au milieu des discussions éloquentes, *Gérard* était nul : replacé dans ses foyers, au sein de sa famille, au milieu de son champ, *Gérard* était un homme utile. Que de *Gérards* dans le monde !

FIN DES NOTES DE LA PREMIÈRE SATIRE.

L'INTRIGUE ET LES MOEURS.

SECONDE SATIRE.

O HONTE de mon siècle! ô France désolée !
De quels excès affreux le vice t'a souillée!
On parle de morale et l'on n'a plus de mœurs :
Le luxe et la licence égarent tous les cœurs :
Esclave de la mode, on voit l'homme fantasque,
Changer à tous momens de projets et de masque.
Dans les cercles brillans où nos jeunes beautés
Découvrant à l'envi leurs charmes déhontés,
Où la corruption se répand et circule,
La modeste vertu n'est plus qu'un ridicule.
Vois-tu ces merveilleux qui peuplent nos salons,
Philosophes valseurs, petits-maîtres profonds,
D'un obcène rébus applaudir la pensée;
Sourire à l'embarras de la candeur blessée,
Persiffler sans pitié le front adolescent,
Qui sait rougir encor d'un bon mot indécent,
Et, couvrant d'un bandeau les yeux de leur victime,
Entraîner la vertu dans le sentier du crime.
Jadis nos bons aïeux, sages dans leurs desirs,
Sans blesser la pudeur, se livraient aux plaisirs :

Ils faisaient de la danse une école des graces :
La décente gaîté voltigeait sur leurs traces.
Vit-on jamais chez eux l'impudique beauté
Se pâmer, en valsant, ivre de volupté?
Te peindrai-je en effet cette danse lubrique!
Vois Cléon et Zélis, au son de la musique,
Leurs pieds contre leurs pieds en cadence pressés,
Tourner en balançant leurs bras entrelacés.
Du mouvement du globe imitant le système,
Ils décrivent un cercle en tournant sur eux-même,
Zélis, arrondissant ses bras voluptueux,
Enchaîne dans leurs lacs son danseur trop heureux :
Ou, dans ceux de Cléon à son tour enchaînée,
L'œil mourant de plaisir, la tête abandonnée,
De mille appas, où l'or se joue effrontément,
Elle étale à ses yeux le spectacle charmant.
Vois-tu Cléon en feu sur sa gorge d'albâtre,
Fixer avidement un regard idolâtre;
Et presser, d'une main qu'égare le desir,
Son cœur qu'un léger voile a peine à contenir?
L'époux est là : tranquille, il contemple en silence
De leur tendre abandon la publique indécence.
Moi, je fuis indigné. Mais ce siècle pervers
Philinte, à chaque pas m'offre un nouveau travers.
Pénétrons dans ces lieux, où, guidés par le vice,
Les mortels d'un plaisir se sont fait un supplice.
La bouillotte est leur culte, et Plutus est leur dieu.
Sans cesse possédés par le démon du jeu,
Plaçant sur un brélan leur craintive espérance,
Ils guettent d'un *va-tout* la favorable chance.

Trois cartes à la main, on les voit jour et nuit,
Disputer un peu d'or dont l'appât les séduit.
Le sort a prononcé : dissimulant sa joie,
Le vainqueur froidement s'empare de sa proie.
Le vaincu, concentrant sa jalouse fureur,
S'efforce à la masquer sous un calme trompeur.
Léandre appelle en vain le rire sur sa bouche.
Le désespoir se peint dans son regard farouche.
En vain Timante affecte un maintien assuré :
Contemple sa pâleur : dans son œil égaré,
Reconnais le remords dont le trait le tourmente !
Il a souri ! . . . . Philinte. . . . Ah ! frémis d'épouvante !
Il presse sur lui-même un bras désespéré,
Et de ses propres mains son flanc est déchiré.
Osera-t-il revoir son épouse et sa fille ?
Comment soutiendra-t-il l'aspect de sa famille ? . . .
　　De l'intrigue et des mœurs poursuivons le tableau.
Quel est ce jeune fat qui s'offre à mon pinceau ?
C'est Delmont : fils ingrat, il rougit de son père,
Qu'il laisse sans pudeur languir dans la misère !
Et son palais, ouvert aux vices opulens,
Résonne au loin du bruit de ses festins brillans !
Vois le, perfide époux, abandonnant sa femme,
Offrir à nos Laïs et sa bourse et sa flamme :
Sa femme disputant de scandale et d'excès,
Affiche ses erreurs comme autant de succès.
L'usure est en honneur, ainsi que l'adultère.
L'infame délateur, le faux dépositaire,
Ravisseurs impunis de nos biens, de nos droits,
Marchandent au barreau le silence des loix !

J'entends louer par-tout l'homme , opprobre de l'homme ,
Infâme partisan des vices de Sodome ;
La moderne Sapho, dont la lubrique ardeur
De nos jeunes beautés égare la candeur :
L'ami qui nous sourit quand le sort nous caresse ,
Et qui, dans nos revers , nous fuit et nous délaisse ;
L'égoïste au cœur froid, sourd aux plaintes d'autrui,
Qui dans le monde entier , ne voit , n'aime que lui;
Et je serais muet! Ah! tout mon sang s'allume!
Austère vérité! viens conduire ma plume;
Contre tous les excès que j'ose signaler,
Lorsque la loi se tait la vertu doit parler.

    Que l'intrigue , Philinte, est féconde en ressources!
De ses prospérités connais toutes les sources.
A qui Damis doit-il l'éclat de ses rubis,
Et sa table opulente et ses riches habits,
Et ses cheveux anglais, l'honneur de Bagatelle,
Et son charmant Bockey, chef-d'œuvre de Bruxelle?
A l'aimable moitié d'un riche Fournisseur ,
Qui lui donne à la fois et sa bourse et son cœur.
La tendre *Zilia* dont l'or et les dentelles
Font depuis quinze jours le désespoir des belles;
Zilia, qui par-tout prône le sentiment,......
Doit toute sa parure aux dons de son amant.
Delcour, petit commis dans la haute finance,
Tranche dans nos salons de l'homme d'importance.
Il ne se donne pas un seul concert, un thé,
Que par un doux message il n'y soit invité.
On l'accueille en tous lieux, on le prône, on le cite,
Le beau sexe en rafolle...... Eh quel est son mérite?

Il fait des calembourgs! — C'est la mode aujourd'hui.
L'auteur du *Séducteur* pâlirait près de lui.
Ce *Rébus* effronté charme toute la France,
Flatte les Grands, se rit de la faible innocence,
Et se glisse par-tout. D'obscènes calembourgs
L'homme d'État souvent hérisse ses discours.
Des plus douces faveurs ils nous ouvrent la porte :
Il est tel calembourg, bon ou mauvais, n'importe,
Qui valut à l'auteur l'emploi le plus brillant.
Ah! que n'ai-je du ciel reçu ce beau talent!
On accorde à Germeuil une éminente place :
A-t-il de l'esprit? Non : mais il danse avec grace ;
Iris aime la valse ; il valse avec Iris :
Germeuil doit sa fortune aux leçons de *Vestris*.
Dirlac, pour parvenir prenant une autre route,
Cultive avec succès l'art de la banqueroute.
Dorsi prête sur gage, à dix pour cent par mois,
De l'or dont en secret il allège le poids.
Le sophiste Varron dit, à qui veut l'entendre,
Qu'il n'est pour s'enrichir qu'un art : celui de prendre.
Alidor, qui le croit, disciple intelligent,
Troque sa probité contre un rouleau d'argent.
L'adroit Damon excelle à filer une carte.
Instruit dans les talens qu'on professoit à Sparte,
Son ami Forbignac, non moins souple que lui,
Puise l'or qu'on lui voit dans la bourse d'autrui.
Lisis, dont en cent lieux on vante le courage,
Sous le nom de *chouan* masquant son brigandage,
Exerce noblement le métier de voleur,
Et ravit poliment l'argent du voyageur.

Est-ce un crime après tout? Piller la diligence!
Rien de plus naturel : par-tout on vole en France.
L'avide fournisseur fait solder par l'État
Le pain et les habits qu'il dérobe au soldat.
Le garde-magasin, opulent subalterne,
Noyant tous ses calculs dans des flots de Soterne,
Sur un léger wisky court, chez la Montansier,
Prodiguer son hommage aux beautés du foyer :
Où, d'un pied trébuchant, il va dans la coulisse
Marchander les faveurs de la nouvelle actrice.
Et comment soutient-il ce luxe impertinent?
Il vole, il vole, il vole, et voilà son talent.
Sur le sang du guerrier, couvert de cicatrices,
Honorables témoins de ses nombreux services,
Un commis décoré du nom de directeur,
Calcule froidement sa future splendeur.
Le héros mutilé, vétéran invalide,
Jadis de son pays défenseur intrépide,
Dans l'asile où l'État accorde à ses vieux jours
Un modique salaire et de faibles secours,
Voit, par de vils brigands, sa vieillesse affamée;
Ils infestent la ville, ils infestent l'armée.
Ardens spoliateurs des trésors de l'État,
Des plus brillans exploits ils ternissent l'éclat.
Comme autant de vautours acharnés sur leur proie.
Que d'illustres fripons, brodés d'or ou de soie,
S'engraissent aux dépens du soldat valeureux
Qui combat nuit et jour pour la France et pour eux!
Il n'est aucun danger que sa valeur redoute;
Il emporte d'assaut ville, fort et redoute;

Le Danube et le Rhin, l'hiver et ses frimats,
Avalanches, torrens, rien n'arrête ses pas ;
Orgueilleux conquérant de la superbe Autriche,
Ceint de tant de lauriers, il n'en est pas plus riche :
Vainqueur de l'ennemi, mais vaincu par la faim,
Nos pieds, transi de froid, il demande son pain.
Et cependant, tout l'or conquis par sa vaillance,
Va d'un tas de brigands accroître l'opulence.
L'ordonnateur lui doit son cuisinier fameux ;
Straphon, son vin du Cap et son tokay fumeux ;
Il ouvre au vieux Chratès le boudoir d'Émilie,
A Phorbas les trésors d'une riche Abbaye.
Il soustrait le coupable à la rigueur des lois ;
Il conduit la sottise aux plus riches emplois.
De notre siècle enfin l'or est le seul mobile.
Le magistrat nous vend la liberté civile ;
Le juge au tribunal vend ses conclusions.
Voulez-vous du tumulte et des séditions ?
Gagez dans les faubourgs un émissaire habile :
Et vous aurez bientôt les faubourgs dans la ville.
Vous aurez tout enfin si vous avez de l'or.
Tous les biens, tous les maux sont dans votre trésor.
Le sexe, sous l'appât des plus vives tendresses,
Vous vendra pour de l'or ses trompeuses caresses.
Le guerrier, pour de l'or infâme déserteur,
Trahissant à la fois et son poste et l'honneur,
Aux phalanges du nord ouvre nos citadelles.
Chargés d'or et de honte, ô guerriers infidèles,
Vous cherchez un asile en de lointains climats ;
Mais l'opprobre vous suit et s'attache à vos pas.

Fuyez !..... allez vieillir sans gloire, sans patrie,
Tourmentés des remords dus à la perfidie!
  Tu frémis au récit des coupables excès
Dont le seul souvenir fait rougir les Français.
Contre des maux plus grands arme-toi de courage!
Déjà des passions j'entends gronder l'orage.
J'entends mugir au loin cette mer en fureur,
Philinte, où l'homme errant au gré de son erreur,
Aveugle en ses désirs, d'or et d'honneur avide;
Tantôt souple, rampant, tantôt fier, intrépide,
Fuit le calme et la paix qu'il goûtait dans le port;
Et bravant les écueils, la tempête et la mort,
S'efforce d'aborder les îles escarpées
Qu'habitent les grandeurs trop souvent usurpées.
Là je vois les mortels gouvernans, gouvernés,
Vers le bien, vers le mal tour à tour entraînés,
Franchissant de l'honneur la barrière importune,
Poursuivre en se heurtant le char de la fortune :
Et tyrans orgueilleux ou vils adulateurs,
Je le vois mendier ou vendre les faveurs;
Trouvant, pour parvenir, tout sentier légitime,
S'élever au pouvoir sur les degrés du crime;
Et de nos droits privés, et du salut public
Faire avec impudeur un odieux trafic.
Sur le terrein glissant où l'erreur les engage,
S'il paraît un mortel plein d'un rare courage,
Qui, ferme en sa conduite et sage en ses discours,
De ces débordemens veuille arrêter le cours,
De la vénalité réprimer l'impudence
Et de nos corrupteurs gourmander la licence.....;

Vous le verrez bientôt dénoncé, condamné,

Dans la nuit des cachots indignement traîné......

—Mais tu trembles, Philinte! Eh! qu'as-tu donc à craindre?

—Votre franchise.—Quoi?—Sachez mieux vous contraindre,

Sachez dans vos écrits voiler la vérité.

—Moi, j'ignore cet art par le lâche inventé.

— Du méchant démasqué redoutez la puissance.

— Je crains son amitié bien plus que sa vengeance.

— Vous allez vous créer de nombreux ennemis:

Vous serez condamné de vos propres amis.

—Mes amis! si j'en ai, m'aimeront davantage;

Ils sauront estimer mon vertueux courage:

Ils sauront préférer le mortel généreux

Qui brise les autels consacrés aux faux dieux,

A ces vils courtisans qui, chargés d'or et d'ambre,

Vont des Midas du jour parfumer l'anti-chambre;

Et, d'un sot parvenu recherchant la faveur,

Quêter sur son passage un regard protecteur:

Hommes à double face! en l'absence du maître,

Pleins d'orgueil! mais rampans dès qu'il vient à paraître:

Tant qu'il est en faveur, attachés sur ses pas,

Ils le prônent tout haut, le déchirent tout bas:

Fût-il plus contrefait que ne le fut Esope,

Plus boîteux que Vulcain, plus hideux qu'un Cyclope!

Midas est riche!.... Donc, Midas est fait au tour;

Il est plus fort qu'Hercule, et plus beau que l'Amour.

C'est ainsi qu'aujourd'hui la louange circule,

Et flatte impunément la vanité crédule.

Sur des autels plus purs qu'on allume l'encens,

Qu'on prône la vertu, Philinte, j'y consens.

En vices odieux si l'univers abonde,
Dieu créa la vertu pour consoler le monde.
L'Italique héros, l'olivier à la main,
Vainqueur, offre la paix au superbe Germain.
Cependant près de lui l'auguste bienfaisance
Accueille le malheur, soulage l'indigence :
La France et l'Ausonie attestent sa bonté.
Philinte, eh! dans quel tems vit-on l'humanité,
Se montrer aux mortels plus affable et plus douce?
Quel est l'infortuné que sa faveur repousse?
Par l'aveugle destin jadis persécuté,
J'implorai son secours et j'en fus écouté.
Elle a fait des ingrats : mais au siècle où nous sommes
Les cœurs reconnaissans sont rares chez les hommes!
On reçoit le bienfait, on rit du bienfaiteur :
Moi, je sais l'honorer, et ne suis pas flatteur.
Aimable courtisan, déserte le Pactole :
L'or est le Dieu des sots; encense une autre idole!
Cours, vole à *Malmaison*; c'est là que *Beauharnais*
Sous de rians abris médite des bienfaits.

FIN DE LA SECONDE SATIRE.

NOTES

de la seconde Satire.

Le luxe et la licence égarent tous les cœurs.

JE n'attaque le luxe que dans ses excès; c'est alors qu'il devient la cause et le signe de la décadence des grands empires. L'abbé Delille, dans *son Epître sur le luxe*, me paraît avoir parfaitement saisi cette différence.

> « *Il est un luxe utile* ET DÉCENT, J'EN CONVIENS,
> » Permis aux grands États, aux grands noms, aux grands biens,
> » Qui, jusqu'au dernier rang, refoulant la richesse
> » Fait redescendre l'or qui remonte sans cesse.
> » Il est un autre luxe au vice consacré,
> » De l'active industrie enfant dénaturé;
> » L'orgueil seul éleva ce colosse fragile.
> » Son simulacre est d'or, et ses pieds sont d'argile.
> » La vanité le sert; l'orgueil, à ses genoux,
> » Immole sans pitié, fils, femme, père, époux.
> » Squelette décharné, son étique figure
> » Affecte un embonpoint qui n'est que bouffisure.
> » Sous la pourpre brillante il cache des lambeaux,
> » Et son trône s'élève au milieu des tombeaux. »

Dans les cercles brillans où nos jeunes beautés.

Cercles : (en Italie *conversazioni*) réunion brillante où l'on se rend pour y voir bien moins que pour y être vu. Voulez-vous y paraître avec succès? D'abord, point de modestie; encore moins de timidité. — C'est la pudeur de la vertu ! — Il ne faut ni vertu, ni pudeur. Soyez vains, présomptueux, tranchans : parlez de vous, d'abord. Donnez des louanges à l'homme en faveur, des sarcasmes à l'homme disgracié. Parlez tout à la fois, mode, philosophie, spectacles, politique. Jetez-vous au travers des discussions savantes, sans avoir les moindres principes de logique ; et si l'on vous pousse un argument qui vous embarrasse, tirez-vous-en par un calembourg et une pirouette : c'est un moyen sûr de mettre les rieurs de votre côté. Grasseyez en parlant et ne prononcez que la moitié des syllabes. Parler pour se faire entendre ! c'est bon pour le vulgaire. Il faut se faire deviner.

Te peindrai-je en effet cette danse lubrique ?

Quoi qu'on puisse dire en faveur de la valse, les femmes paraissent y prendre beaucoup trop de plaisir, pour que les mères, les amans et les époux puissent la voir sans ombrage. Un de mes amis sortant de valser avec une femme d'une rare beauté, me dit encore tout ému : » La valse est une danse charmante ; mais si » j'étais le mari de cette dame, elle ne valserait jamais qu'avec moi !

L'auteur du charmant poëme de *Ma Journée* a peint cette danse sous des traits plus adoucis. Il termine son portrait par ces trois vers.

« Je ne sais à quel point la valse plaît aux dames.
» Je n'ai pas leur secret : mais, dans mon jeune tems,
» Je pense que par goût j'aurais valsé long-tems. »

Cet aveu me fait trouver la réflexion de mon ami encore plus juste.

La bouillotte est leur culte et Plutus est leur dieu.

La bouillotte est le jeu à la mode : c'est une fureur. On fait la bouillotte chez les riches et chez les plus minces citadins. A peine les tables vertes sont-elles dressées, on présente des cartes, et chacun va s'asseoir à la place que le sort lui assigne : les uns comme acteurs, les autres comme spectateurs. Dès lors on n'entend plus, pendant le cours d'une éternelle soirée, que ces mots insipides, *passe, jeu, tenu, va-tout, brelan, brelan carré*, etc.

Infâme partisan des vices de Sodome.

On lit dans l'écriture sainte que Dieu fit tomber le feu du ciel sur les villes de Sodome et de Gomore, pour punir ses habitans, qui tous étaient entachés du vice odieux de la pédérastie.

La moderne Sapho, dont la lubrique ardeur.

Sapho, Lesbienne, fut célèbre par la beauté de son génie poétique. Elle inventa les vers Saphiques, et fut surnommée la dixième Muse. Elle aima éperduement Phaon, le plus beau des Lesbiens ; et désespérée de voir son amour méprisé, elle se précipita du fameux rocher de Leucade dans la mer.

Quelques auteurs ont suspecté la pureté de ses mœurs, et l'ont accusé d'une passion honteuse pour son sexe.

Et ses chevaux anglais, l'honneur de Bagatelle.

Jardin charmant qui appartenait autrefois *au comte d'Artois*; il est placé dans l'enceinte du bois de Boulogne. C'est le rendez-vous des élégans de la capitale.

Peut-on parler de Bagatelle, sans se rappeler les vers charmans de l'abbé Delille ?

" Et toi d'un prince aimable ô l'asile fidèle,
" Dont le nom trop modeste est indigne de toi;
" Lieu charmant ! . . .

(Voyez LE POEME DES JARDINS.)

Et son charmant hockey, chef-d'œuvre de Bruxelle !

C'est la patrie du plus célèbre carossier de l'Europe, qui dut à

3

ce talent une fortune immense, et à sa fortune la main de la plus jolie actrice du Théâtre - Français.

On a beaucoup parlé d'un démêlé scandaleux qu'elle eut avec le peintre G*** à l'occasion d'un tableau allégorique que ce dernier exposa au Louvre. Le public malin a ri de la caricature : l'ami des mœurs a gémi de l'abus du talent.

Il fait des calembourgs. C'est la mode aujourd'hui!

On cite un homme d'État qui sans un calembourg n'eut jamais été qu'un homme de rien.

L'auteur du Séducteur pâlirait près de lui.

M. de Bièvre, auteur du *Séducteur* qui eut un grand succès, et des *réputations* qui tombèrent à plat, était de plus le créateur du genre qu'on nomme le calembourg.

Germeuil doit sa fortune aux leçons de Vestris.

Célèbre danseur qui fait les délices de l'Opéra. C'est le fils du fameux Vestris, qu'on a surnommé le *Dieu de la danse*, et de mademoiselle Allard très-*chère* au public, et célèbre par ses bons mots. — Le père Vestris disait : « Il n'y a que trois grands hommes en Europe ; *moi*, Voltaire, le roi de Prusse (Frédéric II.) »

Cultive avec succès l'art de la banqueroute.

Jadis l'homme qui faisait banqueroute était déshonoré : son crédit était ruiné, sa réputation flétrie, il était mort pour la société qui le rejetait de son sein ; il était condamné à fuir, et à expier dans l'obscurité et dans la honte son inconduite ou son incapacité. *Que les tems sont changés !*

Jusques à quand verrons-nous les banqueroutiers, et les faillis frauduleux avoir un libre accès aux emplois, aux honneurs, aux dignités ?

De l'or dont en secret il allège le poids.

Espèce d'impôt indirect que quelques gens industrieux mettent
sur le signe monétaire, et dont le procédé se réduit à ce qu'on
appelle vulgairement *rogner les louis.* Il n'est pas rare d'en trouver auxquels il manque un huitième de leur valeur. Pour se soustraire à cet abus, on ne reçoit plus les monnoies d'or ou d'argent
qu'au poids. De là est venue l'invention des balances portatives.

L'adroit Damon excelle à filer une carte.

C'est un art aujourd'hui très-cultivé, et au moyen duquel on
se fait un revenu assuré sur le jeu. Il est vrai que cette profession
n'est pas exempte de quelques dangers : mais

« A vaincre sans péril on triomphe sans gloire. »

Instruit dans les talens qu'on professait à Sparte.

Sparte, république puissante de la Grèce, eut Lycurgue pour
législateur. Une de ses lois *permettait aux jeunes Spartiates de
dérober... pourvu qu'ils ne fussent pas découverts, auquel
cas seulement ils étaient punis.*

Sous le nom de *chouan* masquant son brigandage.

Les chouans étaient les chefs d'un parti auquel ils donnèrent leur
nom, et qui figura lors des guerres insurrectionnelles de l'Ouest.

Dans quelques-unes de nos villes départementales, des jeunes
gens de familles honnêtes et même distinguées, n'ont pas eu honte
d'exercer le métier de voleurs de grand chemin, sous le nom de
chouans. Ces messieurs, masqués pour la plupart, arrêtent les
diligences, présentent la main aux voyageurs pour les aider à des-
cendre, visitent la voiture, prennent l'argent qui appartient au
gouvernement, souvent même celui des particuliers, et se retirent
aussi glorieux que s'ils avaient enlevé une redoute à l'ennemi,

.......Court chez la Montausier
Prodiguer son hommage aux beautés du foyer.

Le théâtre, dit *de la Montansier*, au Palais du Tribunat, est très-fréquenté. Il doit toute sa vogue à ses Jocrisses et à son foyer: c'est le serrail où nos nouveaux enrichis, petits sultans du jour, viennent promener leurs caprices libertins et jeter le mouchoir à la beauté qui soupire après leur bourse.

Un commis, décoré du nom de directeur.

De toutes les dilapidations, les plus odieuses sont, sans doute, celles qu'on a exercées dans les directions des hôpitaux militaires. Ets-il rien de plus sacré que la subsistance du soldat blessé en combattant pour sa patrie? Eh cependant, demandez à ceux de nos généraux qui ont porté un œil surveillant dans cette partie de l'administration militaire, ils vous diront combien de fois ils ont eu à se plaindre de la mauvaise qualité du pain qu'on distribuait aux malades, etc.

Straphon, son vin du Cap et son tockay fumeux.

Le vin du Cap se recueille au Cap de Bonne- Espérance : il est très-estimé, ainsi que le vin de Tockay, ville de la Haute-Hongrie.

A *Phorbas* les trésors d'une riche abbaye.

C'est une chose assez merveilleuse que de voir un général, devenir propriétaire d'une abbaye, sur-tout lorsque ce général est un ci-devant moine. Il est bon quelquefois de jeter le froc aux orties.

.....Vous aurez bientôt les faubourgs dans la ville.

C'est à quelques poignées d'or, distribuées adroitement dans les faubourgs, que nous devons les 12 ou 15 journées de la révolution française.

Vont des *Midas* du jour parfumer l'antichambre.

Midas, roi de Phrygie. Il changeait en or tout ce qu'il touchait. Apollon lui fit venir des oreilles d'âne pour avoir trouvé le chant de Marsias plus beau que le sien.

Fut-il plus contrefait que ne le fut Ésope.

Célèbre fabuliste ; on le représente petit, bossu et sous les traits les plus difformes.

Plus boiteux que Vulcain, plus hideux qu'un Cyclope.

Vulcain dieu du feu, précipité de l'Olimpe par Jupiter, se cassa la jambe en tombant : ce qui le rendit boiteux.

Les *Cyclopes* étaient les forgerons de Vulcain : ils n'avaient qu'un œil au milieu du front.

.....Déserte le Pactole ;
L'or est le dieu des sots. ...

Le Pactole, fleuve de Lydie, roulait un sable d'or, depuis que Midas s'y était baigné.

Cours, vole à Malmaison ! ....

La Malmaison est célèbre par la beauté de ses jardins. Elle appartenait autrefois à M. Lecouteux. C'est aujourd'hui la maison de plaisance du premier consul. Elle est située entre Ruel et Marly, à trois lieues de Paris.

Sous de rians abris médite des bienfaits.

Ces vers m'ont été dictés par la reconnaissance. On m'accusera peut-être de terminer mes Satires par des louanges. Mais la louange, lorsqu'elle est méritée, est permise même dans la Satire. J'en pour-

rais trouver plus d'un exemple, dans Horace , dans Boileau , dans
Gilbert lui-même. Qui ne se rappelle les vers charmans où Gilbert loue avec tant de vérité le duc de Penthièvre? et certes ,
Gilbert n'était pas un flatteur. Mais quand l'ame est fatiguée du
tableau des vices , c'est une consolation pour elle de penser qu'il
existe encore quelque vertu.

FIN DES NOTES DE LA SECONDE SATIRE.

LES CRIMES.

TROISIÈME SATIRE.

A QUEL monstre odieux devons-nous tant de crimes,
Ces hordes de brigands, cet amas de victimes?
A l'aveugle Plutus; c'est lui dont les trésors
Ont brisé de l'honneur les fragiles ressorts :
Il souffla dans nos cœurs l'ambition cruelle,
Et causa tous les maux qu'elle entraîne avec elle.
De la corruption naquit l'impunité :
Lois, mœurs, religion, rien ne fut respecté.
L'anarchie étouffant la voix de la nature,
En principe érigea le meurtre, le parjure,
Confondit tous les droits; des prêtres égarés,
Des perfides époux rompit les nœuds sacrés :
Elle osa, d'une voix enhardie au blasphême,
Jusque dans le lieu saint insulter Dieu lui-même,
Opposer ses décrets à ceux de l'Éternel,
Égorger ses pasteurs, renverser son autel,
Disperser ses débris dans le sang des fidèles.
Ministre de la mort, de ses mains criminelles,
On la vit, aiguisant sa redoutable faulx,
Avide de trépas, s'entourer d'échafauds.

Dans sa rage elle arma le fils contre le père :
Le frère se baigna dans le sang de son frère.
Le serviteur, jadis fidèle à son devoir,
Écoutant d'un vil gain le criminel espoir,
D'un maître vertueux trompe la confiance,
Et sur lui des tyrans appelle la vengeance.
On vit le meurtrier hériter sans pudeur
De celui dont sa main avait percé le cœur.
De son palais auguste on vit Thémis bannie ;
Et sur son trône en deuil siéger la tyrannie.
Plus de repos : on vit les beaux arts exilés,
Le théâtre avili, les marbres mutilés,
Les villages déserts, les cités dépeuplées ;
Les familles en pleurs, errantes, désolées,
Sous un ciel étranger précipitaient leurs pas.
Lebon, ivre de sang, à la fin du repas,
Les échaffauds dressés et les victimes prêtes,
Savourait le plaisir de voir tomber leurs têtes.
Théâtre des fureurs d'un féroce assassin,
Éplorée et tremblante, Avignon dans son sein
Voyait avec horreur sa fatale glacière.
Des crimes de *Carrier*, complice involontaire,
La Loire, loin des bords par ce monstre habités,
Roulait, en murmurant, ses flots ensanglantés.
La superbe Lyon, dont le rare courage,
Du barbare Collot accroît encor la rage,
Pleure en vain ses trésors par le crime envahis,
Sa jeunesse égorgée et ses palais détruits.
Dans la triste Orléans l'innocence succombe :
L'orgueilleuse Bordeaux tremble au nom de *Lacombe*.

Toulon offre l'aspect d'un immense cercueil.
Contemple de Verdun la douleur et le deuil!
Sur le char de la mort vois ces belles captives;
Qu'escortent en pleurant leurs familles plaintives.
Victimes d'un tyran qu'avoit épouvanté
De leurs jeunes attraits la naissante beauté,
Elles s'en vont périr à la fleur de leur âge!
Mais la vertu les guide et soutient leur courage.
Sous le fer suspendu, les yeux levés au ciel,
Vois-les, le front serein, subir l'arrêt cruel;
Leurs beaux yeux sont fermés, leur teint se décolore;
Leur sang ne coule plus..... Mais mon cœur saigne encore!
Sur ce même théâtre où la faulx du trépas
Moissonnait chaque jour les plus touchans appas;
Femmes, enfans, vieillards, et sujets et monarque,
Tous tombent confondus sous les coups de la parque.
Élisabeth mourante invoque la pudeur!
Elle expire..... et son front peint encor la candeur.
Le sage magistrat dont la douce éloquence
Sut deux ans dans Paris contenir la licence,
Dont la France admirait les vertus, le savoir,
Sous le couteau fatal tombe sans s'émouvoir :
Sa mort trompe l'espoir de la docte Uranie.
Lavoisier dans la tombe enferme son génie.
Roucher!..... De la nature il chantait les bienfaits!
Ses travaux sont punis comme autant de forfaits;
Et son ombre en grondant s'enfuit au noir rivage.
Roland qui réunit la grace et le courage,
Les vertus d'une femme et l'ame d'un héros,
Voit trancher ses beaux jours par le fer des bourreaux.

Destaing atteste en vain ses aïeux et sa gloire,
Son nom déjà fameux aux fastes de l'histoire,
Sa valeur, et son sang versé dans cent combats :
Dumas a prononcé l'arrêt de son trépas.
Que sert, belle Corday, ton courage sublime?
D'un noble dévouement lorsque tu meurs victime,
Marat au panthéon remplace Mirabeau :
Turenne et Duguesclin sont chassés du tombeau!
Turenne, défendu par deux siècles de gloire,
Et dont le monde entier honore la mémoire!
A de nouveaux honneurs ses restes réservés,
Par l'ordre d'un tyran allaient être enlevés;
Lorsqu'un Dieu, les couvrant d'une égide immortelle,
Les déroba sans doute à sa main criminelle.
Généreux défenseur de son roi détrôné,
L'illustre Malesherbe à la mort condamné,
Sans crainte offre au bourreau sa tête vénérable,
Et périt, innocent, de la mort d'un coupable.
Digne de sa vertu, l'aimable Rosambeau
Expire à ses côtés et le suit au tombeau.
Mais, quel nouveau spectacle! une reine enchaînée,
Comme un coupable obscur au supplice est traînée!
Tout Paris retentit des bruyantes clameurs
D'un peuple dont la joie insulte à ses malheurs.
De ce peuple jadis je l'ai vue entourée :
Elle régnait alors; elle en fut adorée!
Vit-on une mortelle au faîte des grandeurs,
Briller de plus d'éclat, jouir de plus d'honneurs?
Eh! quel œil sans effroi peut mesurer l'abîme
Où tomba tout-à-coup cette illustre victime?

Est-il un cœur d'airain qui sans se fondre en pleurs,
Soutienne le récit de ses longues douleurs?
Son époux égorgé sur les débris du trône,
Son fils adolescent, l'espoir de la couronne;
Tel qu'un beau lys flétri d'un souffle envenimé,
Par un supplice lent dans ses bras consumé:
Sa liberté, son sceptre et sa fidelle amie,
Elle perd tout!..... Sais-tu quelle main ennemie
Aiguise tous les traits qui déchirent son cœur?
Celle d'un courtisan comblé de sa faveur:
D'un prince de son sang, dont la coupable audace
Vota la mort du roi pour régner à sa place.......
Et qui, de ses amis bientôt abandonné,
Sur le même échaffaud expire condamné.
De l'arrêt qui le frappe admirant la justice,
La France avec plaisir contemple son supplice.
« Mais pourquoi rappeler ces momens désastreux?
» Écartons, diras-tu, des souvenirs affreux:
» Ouvrons, ouvrons nos cœurs à la douce espérance
» Du bonheur qui bientôt va consoler la France!
Puissé-je, comme toi, promptement consolé,
Oublier tous les maux dont je fus accablé!
Mais du bonheur à peine ai-je entrevu l'aurore;
Combien de ce beau jour nous sommes loin encore!
Je ne puis faire un pas sans voir de tous côtés
Les cruels artisans de nos calamités.
Je tremble à leur aspect...... Ma mémoire fidelle,
Au récit de leurs noms aussi-tôt me rappelle
Mes parens, mes amis dans les prisons traînés,
Dépouillés de leurs biens, trahis, assassinés......

Moi-même devenu l'objet de leur furie,
Sous leur fer meurtrier prêt à perdre la vie :
Mon sang coula : la loi n'osa point les punir (*).
Mais d'un crime ignoré pourquoi t'entretenir?
As-tu donc oublié? Dieu! je frémis encore
Au triste souvenir d'un forfait que j'abhorre?
As-tu donc oublié ce jour, ce jour fatal,
Philinte, où dans l'horreur d'un complot infernal,
Un Consul, un héros, l'espoir de la Patrie,
L'honneur du nom Français devait perdre la vie?
Hayden préludait! A ses accords divins
Tout Paris enchanté s'écrie et bat des mains.
Fils d'Apollon! triomphe! un héros magnanime
Doit bientôt applaudir à ton œuvre sublime.
Sache créer des chants dignes de son grand cœur!
De ses vils ennemis enchaîne la fureur,
Et suspends les poignards qu'ils aiguisent dans l'ombre.
  Sœur du Sommeil, la Nuit couvrait d'un voile sombre
Cette immense cité qui renferme en ses murs
Tant d'illustres héros et d'assassins obscurs.
D'un ramas de brigands la horde conjurée
D'une rue à dessein embarrasse l'entrée.

(*) Je sortais de la maison d'un fonctionnaire public, au moment où
une troupe de séditieux armés venait en tumulte à sa maison pour l'ou-
trager sans doute : reconnu pour lui être attaché, je suis assailli, pour-
suivi, frappé, blessé jusque sous sa porte et au milieu de sa garde et de
ses domestiques qui parvinrent à me sauver la vie. Les journaux ont
publié le crime; le directeur du jury a informé contre les coupables :
mais les témoins intimidés n'on pas osé déposer; et le crime est resté
impuni.

Un malheureux enfant, attendant leur retour,
Veillait pour eux.... Hélas ! ce fut son dernier jour!
Leur complice innocent et bientôt leur victime
Tranquille, il ignorait qu'il veillait pour le crime.
Bonaparte paraît : son conducteur adroit
Engage ses coursiers dans ce passage étroit,
Esquive l'embarras, et plus prompt que la foudre,
Dérobe le héros à l'éclat de la poudre.
Les monstres furieux de le voir s'échapper
Précipitent le coup qui devait le frapper.
Soudain une machine horrible, épouvantable,
Vomit par-tout la mort, la mort inévitable.
Tout Paris ébranlé tremble en ses fondemens;
L'air retentit au loin de longs gémissemens :
On accourt : ô terreur! ô trame criminelle!
Le sang des citoyens de tous côtés ruisselle ;
Les pavés sont jonchés de décombres sanglans ;
On marche avec effroi sur des corps palpitans ;
L'enfant tombe écrasé sur sa mère mourante;
Ici l'amant expire aux pieds de son amante ;
Là, le père de sang et de larmes trempé,
Appelle en vain son fils que la mort a frappé.
Mais, malgré la douleur où les cœurs sont en proie,
Du milieu des mourans s'élève un cri de joie :
« Bonaparte respire, il vit, il est sauvé!
» Rendons graces au ciel qui nous l'a conservé! »
Réponds à son espoir, jeune héros! la France
Contre un crime inouï te demande vengeance.
Sois juste! pardonner au féroce assassin,
C'est réchauffer soi-même un serpent dans son sein.

Le magistrat prudent doit condamner le crime ;
Qui l'absout tôt ou tard en devient la victime.
Perdre leurs bienfaiteurs est la loi des ingrats !
Au glaive de Thémis livre des scélérats
Dont l'atroce fureur souillant notre mémoire,
Inventa des forfaits inconnus dans l'histoire.

    Ainsi, Philinte, ainsi mon esprit irrité
Gourmande d'un héros l'imprudente bonté ;
Et réveille en son cœur ces haines légitimes,
Que l'austère vertu de tous tems porte aux crimes.
Un Poète flatteur eût prôné ses bienfaits ;
Il eût cité le nom des heureux qu'il a faits ;
Il eût dit, rappelant ses titres à la gloire,
Comment sous ses drapeaux il fixa la victoire,
Triomphant à Lody, vainqueur dans Aboukir,
Comme il dompta l'Égypte et sut en revenir ;
D'un pouvoir tyrannique affranchit sa patrie,
Et du fer des Germains délivra l'Italie.
Il eût dit les exploits des illustres héros
Qu'il sut associer à ses nobles travaux ;
Macdonald couronné des lauriers qu'il moissonne
Sur les sommets glacés que la mort environne :
Et toi, fameux Breton, sage et vaillant Moreau,
Qui, nouveau Catinat, désertas le barreau ;
Et par un coup hardi, qu'eût applaudi Turenne,
As fait trembler Joseph, aux portes de Vienne !
Pour couronner son œuvre, il eût peint dans ses vers,
Bonaparte donnant la paix à l'univers.

    Sur un sujet si beau ma muse doit se taire :
Pour chanter un Achille, il faut la voix d'Homère.

Alexandre eût rougi d'un poète ignoré :
D'aucun triomphe encor je ne suis honoré ;
J'en obtiendrai peut-être. Au ton de la Satire
La vérité monta les cordes de ma lyre.
Eh bien ! du ridicule ardent persécuteur,
Je veux berner le sot et siffler le flatteur :
Et frappant nos Midas d'une verge ennemie,
Marquer le scélérat du sceau de l'infâmie !
Alors, foulant aux pieds l'intrigant abattu,
Le front ceint de lauriers cueillis par la vertu,
J'irai....... de nos héros je chanterai la gloire ;
J'attacherai mon nom au char de la victoire :
Et mes vers, compagnons de leurs exploits fameux,
Au temple de mémoire entreront avec eux !

FIN DE LA TROISIÈME ET DERNIÈRE SATIRE.

NOTES
de la troisième Satire.

Ces hordes de brigands, cet amas de victimes.

Nous avons égalé, pour ne pas dire surpassé, tout ce que l'histoire romaine nous offre d'exemples les plus odieux de la corruption des mœurs, de la perversité et de la cruauté des hommes, sous le régne des Néron, des Caligula, etc. Quelques années de la révolution française nous ont fait croire à des excès épouvantables, que notre imagination repoussait jusqu'alors comme impossibles.

C'est l'aveugle Plutus; c'est lui dont les trésors.

Plutus, dieu des richesses, était aveugle : on a dit qu'il était très-agile pour aller chez les méchans, et qu'il était boiteux pour aller chez les hommes vertueux.

.... Des prêtres égarés,
Des parjures époux rompit les nœuds sacrés.

Je ne prétends pas renouveler ici la question du mariage des prêtres, si éloquemment discutée lors de l'assemblée constituante. J'observerai seulement qu'en supposant qu'il fût devenu nécessaire d'abaisser la puissance du clergé, il était peut-être plus dangereux encore de détruire la religion. Et le mariage des prêtres est l'une des causes qui a le plus hâté sa ruine en France. Un sage a dit : « S'il n'existait pas de religion, il faudrait en inventer » une. » En effet, c'est le frein le plus puissant que l'autorité puisse opposer aux passions de la multitude, trop peu éclairée pour se conduire d'après les seules idées de morale et d'équité.

Quant au divorce, je pense fermement que c'est de toutes les loix révolutionnaires celle qui a le plus démoralisé la France. Le divorce a brisé les liens les plus chers de la société, il a ouvert une route nouvelle à la licence et à la dissolution. On ne peut sans frémir voir tous les désordres qu'il a causés : l'enfant enlevé aux caresses de son père ; l'époux, jeune encore, pleurant son veuvage, tandis que sa femme parjure, vole dans de nouveaux liens que l'adultère a tissus.....

Espérons qu'un gouvernement sage anéantira bientôt cette faculté de rompre des nœuds, que la constitution civile et religieuse de l'État avait jusqu'à nos jours proclamés comme indissolubles.

Jusque dans le lieu saint insulter Dieu lui-même.

Les églises ont été transformées en clubs, en sociétés populaires, en écuries, etc.

Le serviteur, jadis fidèle à son devoir.

Combien de citoyens ont été traînés à l'échaffaud sur la simple dénonciation de leurs valets ! combien, épouvantés par le sort des premiers, se sont vus réduits à souffrir en silence les vexations de ces tyrans domestiques, et à dévorer les affronts journaliers dont ils les accablaient ! Tigres altérés de sang, qui, séduits par l'appât de la prime offerte aux délateurs, n'avez pas craint de déchirer la main qui vous nourrissait ; si le ciel vengeur ne vous a pas frappés... dites, quelle est votre contenance près de ces serviteurs fidèles et respectables, (car il en fut) qui, préférant la mort à la perfidie, osèrent, au mépris de la tyrannie, embrasser la cause de leurs maîtres innocens, leur chercher des asiles contre la proscription, les soustraire aux mains de leurs bourreaux, ou périr noblement avec eux ? Ah ! misérables ! je vois vos yeux fixés en terre : le remords les y attache ; le remords !.... Votre supplice a donc commencé !

Le théâtre avili.....

Des plumes, trempés dans le sang, osèrent corriger, que dis-
je, défigurer les chefs-d'œuvre immortels de la scène française.
Ils bannirent de leurs pages sublimes les noms de roi, de sei-
gneur, etc. pour y substituer celui de citoyen : et l'orgueilleux
Agamemnon, le fier, l'impétueux Achille parurent sur la scène
coëffés d'un bonnet rouge.

..... Les bronzes mutilés.

La statue équestre d'Henri IV, surnommé le père de son peuple : celle de Louis XIV, surnommé le grand, et qui fut en
effet le plus grand de nos rois; celle de Louis XV, à laquelle
on substitua l'échaffaud où la France vit avec horreur couler son
sang le plus noble et le plus pur.

Lebon, ivre de sang, au sortir du repas.

Il était le compatriote de Roberspierre, et l'un de ses agens les
plus zélés. Arras lui donna le jour, il l'en récompensa en faisant
périr ses habitans les plus vertueux. On a dit qu'il faisait servir
sur sa table un plateau entouré de fruits, etc. au milieu duquel
s'élevait une *guillotine* en miniature : on a dit que souvent il
donna l'ordre de suspendre jusqu'après son dîner, l'exécution des
condamnés, prêts à monter à l'échaffaud, afin de jouir du spectacle de leur mort. Il ne fut pas le seul.

Voyait avec horreur sa fatale glacière.

Jourdan, surnommé le *Coupe-tête*, fut le chef des assassins
qui comblèrent la glacière d'Avignon des cadavres de leurs victimes.
Il fut envoyé à la mort par Roberspierre dans les derniers jours
de prairial an 2. Jourdan n'est plus, et la fatale glacière existe
encore ! L'avignonais la revoit chaque jour, et chaque jour elle
lui rappelle le meurtre d'un parent ou d'un ami : le voyageur ne
peut, à son aspect, se défendre d'un mouvement d'horreur et
d'effroi. Laissera-t-on toujours subsister ce monument du crime?

Des crimes de Carrier complice involontaire.

Carrier était le représentant de Roberspierre à Nantes : agent aussi zélé, mais plus ingénieux que Lebon, il trouva la guillotine et trop douce et trop lente à son gré. Il lui fallait à la fois et plus de victimes et des supplices plus cruels. Bientôt las des *fusillades en masse*, il inventa les bateaux à *soupape* (dont il dressa lui-même le plan) et les *mariages républicains* ; il outragea l'humanité, la pudeur, et se couvrit de toutes les crimes. Accusé par la convention, interrogé par elle, il fit entre autres, cette réponse remarquable : « Si je suis coupable ; de tout ce qui » est ici, il n'y a que la sonnette du président qui ne l'est pas. » Il périt sur l'échaffaud le 26 frimaire.

Sa jeunesse égorgée et ses palais détruits.

Le siège de Lyon, est aussi mémorable par la courageuse résistance de ses habitans que par le malheur dont cette ville fut le théâtre. Qui peut, sans frémir d'indignation, lire le décret du 21 juin an 2, qui *ordonne que la ville de Lyon sera détruite*, etc. Pour l'exécution d'un ordre aussi barbare, la convention avait besoin d'un monstre : elle choisit Collot d'Herbois, ci-devant acteur et auteur, et sifflé à double titre sur le théâtre de Lyon ; il saisit avec empressement cette mission, impatient de se venger d'une ville qui avait eu l'insolence de le siffler. Le sang coula de tous côtés.

Le Paysan Magistrat (comédie) et l'almanach du père Gérard étaient sans doute de faibles titres pour faire passer le nom de *Collot* à la postérité : mais la démolition de la superbe place Bellecour, lui assigne, dans les fastes de l'Histoire, un rang auprès d'*Érostrate*.

Collot fut déporté à Cayenne en vertu d'un décret du 12 Germinal an 3. Il y est mort.

L'orgueilleuse Bordeaux tremble au nom de Lacombe.

Président du tribunal révolutionnaire de Bordeaux, il égala, si toutefois il ne surpassa pas, la cruauté de Dumas à Paris. On raconte de lui ce trait infâme. — Une bordelaise, riche, jeune et jolie, vint un jour le supplier de lui accorder la liberté de son mari, jeté par son ordre dans les prisons, et sur le point d'être condamné à mort. « Donnez-moi 50,000 francs dans vingt-quatre heures, et dans vingt-quatre heures votre mari sera libre, » répondit Lacombe. Cette dame court aussi-tôt, engage tous ses bijoux, épuise sa bourse et celle de ses amies, et toute triomphante fait porter cette somme chez Lacombe. Le monstre reçoit l'argent et lui remet froidement en échange l'arrêt de mort de son mari qu'il venait de signer.

Toulon offre l'aspect d'un immense cercueil.

Fréron joua dans Toulon le même rôle que Collot d'Herbois jouait à Lyon.

Contemple de Verdun la douleur et le deuil.

Dix-sept jeunes filles de Verdun, accusées d'un complot tendant à renverser la république, sont arrachées avec violence du sein de leurs familles, et jetées dans les cachots. Elles sont traduites au tribunal révolutionnaire : leur beauté, leur innocence, leur jeunesse, rien ne peut adoucir la férocité de leurs juges. Condamnées ensemble à la mort, elles marchèrent ensemble à l'échaffaud, et périrent avec un courage au-dessus de leur sexe.

Vertueux défenseur de son roi détrôné.

Louis XVI choisit pour ses défenseurs Tronchet, Desèze et Target. Le dernier refusa ce noble et périlleux ministère. Monsieur Lamoignon de Malheserbe indigné, quitte aussi-tôt la retraite charmante où loin du monde, aimé, entouré de sa famille, il terminait en paix des jours aussi sereins que son cœur était vertueux. Lorsque Louis était sur le premier trône du monde, on ne le vit point à la cour ramper au nombre de ses courtisans. Louis tombe dans le malheur : Malheserbe accourt pour le défendre ou partager son sort. Dans cette lutte scandaleuse où ses accusateurs étaient aussi ses juges, Louis succombe. Tronchet et Desèze échappent à la faulx révolutionnaire : Malheserbe retiré dans sa terre attendait la mort comme un bienfait. Le fatal mandat est lancé contre lui : on l'arrête, on arrête toute sa famille. Son nom respecté depuis des siècles, ses cheveux blancs, ses vertus octogénaires, le peu de jours qui lui restent à vivre, ne peuvent suspendre un crime que la nature allait rendre bientôt inutile. L'arrêt est prononcé, mais la mort n'est point un supplice pour un vieillard philosophe et vertueux. Ses juges ont dit : « Frappons-» le dans ce qu'il a de plus cher : que le sang de toute sa fa-» mille coule avec le sien! qu'il n'ait pas même l'espoir et la » consolation de se survivre. » A cet ordre, les bourreaux saisissent le père et les enfans. Trois générations sont entassées dans un vil tombereau, le sang le plus pur coule sous le fatal acier, et sa source en est à jamais tarie.

Digne de sa vertu, l'aimable Rosambeau.

C'était la fille du vertueux Malheserbe : elle soutint l'appareil du supplice avec une fermeté héroïque.

Le sage magistrat dont la douce éloquence.

Bailly, Maire de Paris pendant les deux premières années de la révolution, étoit recommandable par la simplicité de ses mœurs, et par ses vertus domestiques. L'Astronomie le comptoit au nombre de ses écrivains les plus distingués. Il se montra éloquent à la tribune, Magistrat conciliateur, modeste dans sa prospérité, courageux dans l'adversité. Le jour de sa mort le peuple se livra envers lui à des rafinemens de cruauté inouis. On le conduisit au Champ de Mars où il devoit être exécuté, à cause de l'affaire du 17 juillet 1791. Là, en sa présence, on démonte la machine meurtrière, et on la transporte sur le bord de la Seine pour l'exécution. Bailly voit tous ces apprêts de sang-froid : au milieu des huées d'un peuple qui l'outrage, et par une pluie considérable, il s'avance vers l'échafaud. Un de ses gardes lui dit avec ironie : *Eh bien! Bailly, tu trembles? — C'est de froid....* répondit le philosophe.

Lavoisier dans la tombe enferme son génie.

Il étoit jeune encore ; et déjà la Chimie lui devoit de brillantes découvertes. Mais il avoit été Fermier-général ! Savant et riche , tels furent ses titres de proscription.

Rouger !... de la nature il chantoit les bienfaits.

C'était l'auteur *des Mois*, poëme étincelant de beautés, et qui avait fait concevoir de son auteur les plus grandes espérances.

Elisabeth mourante invoque la pudeur.

Élizabeth-Philippine-Marie-Hélène de France, sœur de Louis XVI, née le 3 mai 1764, fut condamnée dans le mois de floréal an II. — Elle mourut avec le calme d'une ame douce et pure. Dans la voiture qui la menoit au supplice, son fichu tomba. Exposée en cet état aux regards de la multitude, elle adressa au bourreau ce mot mémorable : *au nom de la pudeur, couvrez-moi le sein.* (Voyez les notes du *Mérite des femmes.*)

Destaing atteste en vain ses aïeux et sa gloire.

Le comte d'Estaing, premier *Vice-Amiral* et Lieutenant-général des Armées de France, se couvrit de gloire dans la guerre de l'indépendance des *Etats-Unis*; il commandoit les troupes de terre et de mer, et se signala sur-tout à la prise de *la Grenade*, où il sauta le premier dans les retranchemens de l'ennemi. Un des aïeux du comte d'Estaing avoit sauvé, dans une bataille, la vie au Roi, qui, pour le récompenser, lui permit de porter les armes de France (*les trois fleurs de lys*).

Dumas a prononcé l'arrêt de son trépas.

Président du Tribunal révolutionnaire de Paris, l'un des hommes les plus cruels qui aient existé. En messidor an II, un nommé Duchesne, traduit au Tribunal, était près d'être condamné. Courtès, habitant de Versailles, demande la parole. « *Est-ce pour ou contre l'accusé que tu veux parler?* dit le Président. — *C'est pour.* — *Tu n'as pas la parole.* Il périt le 10 thermidor an 2, jour à jamais célèbre dans nos annales! où les deux Roberspierre, Coulthon, Saint-Just, Henriot, etc. portèrent enfin leurs têtes sur l'échafaud qu'ils avaient arrosé tant de fois du sang de l'innocent.

Rolland qui réunit la grâce et le courage.

Madame Rolland, femme du Ministre, le défendit à la barre de la Convention, avec autant de fermeté que d'éloquence. Elle donna à sa mort des preuves d'un courage étonnant. Elle encourageait son compagnon d'infortune (Lamarche, Directeur de la fabrication des assignats.) Près de l'échafaud, elle lui dit : *Passez le premier, vous n'auriez pas le courage de me voir mourir.*

Que sert, belle Corday, ton courage sublime ?

Charlotte Corday, âgée de 21 ans, et d'une figure avantageuse, part de Caën, avec le projet d'assassiner Marat. Elle le frappe, et le monstre expire. Quelques jours plus tard, il eut péri sur l'échafaud. Corday est arrêtée et jugée à mort; mais dans sa prison, comme sur l'échafaud, elle montre un courage inébranlable. *Je meurs contente*, dit-elle, *j'ai délivré mon pays d'un monstre qui le désolait.*

Marat au Panthéon remplace Mirabeau.

Marat, avant la révolution, médecin des écuries du comte d'Artois, depuis Rédacteur d'une feuille incendiaire, l'*Ami du peuple*; nommé Représentant du peuple; tour-à-tour dénoncé, accusé, et porté en triomphe, mourut dans son bain, de la main d'une femme : mort trop douce pour un monstre de cette espèce! Son cadavre, porté avec pompe dans tout Paris, fut transporté, en vertu d'un Décret du 24 brumaire an II, au Panthéon, d'où l'on retira les restes de Mirabeau.

Turenne et Duguesclin sont chassés du tombeau.

Turenne, né à Sedan le 11 septembre 1611, fut le premier capitaine de son siècle. Profond dans l'art de la guerre, ses vertus égalaient ses talens; il mérita l'éloge d'avoir été UN HOMME QUI FAISAIT HONNEUR A L'HOMME. Sa mort fut un deuil pour la France. Louis XIV, qui savait honorer les grands hommes, fit transporter ses cendres à St-Denis, dans le tombeau des Rois, près des restes du fameux Connétable Duguesclin. Les *frères et amis*, pour qui rien n'était sacré, l'exhumèrent alors du tombeau des Rois. Lebrun s'en empara; et (faut-il l'avouer) les restes de Turenne n'échappèrent au vandalisme, qu'en les conservant comme monument de curiosité. Il étoit réservé au vainqueur de *Marengo* de le rendre à la vénération publique. Le corps de Turenne a été transféré avec pompe, le premier vendémiaire an IX, sous le Dôme des Invalides, où il est déposé.

D'un prince de son sang....

Le duc d'Orléans, cousin de Louis XVI, premier Prince du sang royal, abdiqua tous ses titres, et prit le nom d'*Égalité* et le titre de citoyen. On l'accuse d'avoir payé les assassins de la Princesse de Lamballe, héritière du Duc de Penthièvre, qui en mourut de chagrin et lui laissa des biens immenses. Voici un fait plus positif et non moins affreux. Membre de la Convention, lors du procès du Roi, il émit le vœu suivant : « Uni- » quement occupé de mon devoir, convaincu que ceux qui ont » attenté ou attenteront par la suite à la souveraineté du peu- » ple méritent la mort; *Je vote pour la mort.* » Au moment de l'exécution de Louis, on vit Égalité dans un cabriolet sur le pont dit *de la Révolution.*

Egalité fut à son tour envoyé à l'échafaud : mort vraiment digne d'un Prince dénaturé !

Hayden préludait......

Célèbre compositeur, auteur de la musique de l'*Oratorio.*

Triomphant à Lody, vainqueur dans Aboukir.

Lody, ville forte avec un pont sur l'*Adda* qui traverse la république cisalpine; et célèbre par une des brillantes journées de Bonaparte, *la bataille du pont de Lody.*

Comme il dompta l'Égypte, et sut en revenir.

La conquête de l'Égypte, par Bonaparte, sera un des événemens les plus mémorables du dix-huitième siècle.

D'un pouvoir tyrannique affranchit sa patrie.

Le 18 Brumaire.

Et du fer des Germains délivra l'Italie.

La bataille de Marengo.

Macdonald, couronné des lauriers qu'il moissonne.

Macdonald, l'un des généraux qui s'est le plus distingué dans les campagnes d'Italie, commandait l'armée des Grisons lorsque dans le mois de nivose an 9, elle se fraya un passage à travers les cimes neigeuses de l'Appenzell. Il montra dans cette périlleuse expédition une audace et une constance vraiment héroïques.

5

Et toi, brave breton, sage et vaillant. Moreau.

Moreau, ( ) né à Rennes en Bretagne, où il exerça d'abord la profession d'avocat. A l'époque de la révolution il quitta le barreau pour les armes. Comme Catinat, il dut sa fortune militaire à sa valeur et à sa prudence consommée. La fameuse retraite de l'armée du Rhin fut son premier titre de gloire. Sa campagne de l'Italie lui confirma le titre glorieux de *général des retraites*, que ses ennemis affectaient de répéter avec dérision. Sa campagne brillante de l'an 8, contre le maréchal Kray, lui assigna un rang parmi les plus illustres capitaines anciens et modernes. Conquérant de la *Souabe*, de la *Bavière*, du *Palatinat*, et d'une partie de l'*Autriche*, une victoire plus glorieuse que celles d'Hohœlenden et de Saltzbourg, que les passages de l'Inn, et de la Salza, l'attendait aux portes de Vienne : LA PAIX. Il sera beau, sans doute, dans les fastes de notre histoire, de voir le *vainqueur d'Arcole*, d'*Aboukir* et de *Marengo*, décerner à *Moreau* le surnom de CONQUÉRANT DE LA PAIX.

Qui, nouveau Catinat, désertas le barreau.

Catinat, fils d'un conseiller au parlement de Paris, commença par plaider, perdit une cause juste et quitta le barreau pour les armes. Vainqueur à Staffarde et à Marsalles, il fut créé maréchal de France en 1693, et refusa le *cordon bleu*. Ses soldats l'appelaient le *père la pensée*. Voltaire a dit de lui, qu'il eut été bon ministre, bon chancelier, comme bon général.

Pour chanter un Achille il faut la voix d'Homère.

Achille est le héros de l'Iliade, dont Homère est l'auteur.

Alexandre eût rougi d'un poète ignoré.

Alexandre, roi de Macedoine, conquérant de la Grèce, de la

Perse et de l'Inde, aimait passionnément la poésie, et surtout celle de l'Iliade qu'il portait toujours avec lui. Un poète lui ayant adressé de mauvais vers, il le fit payer très-libéralement, à condition qu'il n'en ferait plus. Il ne permit qu'à trois artistes de travailler à son portrait : à *Praxitèle* en sculpture, à *Lisippe* en fonte, et au célèbre *Apelle* en peinture.

F I N.

www.ingramcontent.com/pod-product-compliance
Lightning Source LLC
Chambersburg PA
CBHW061646180626
46818CB00003B/987